차 례

11화	004
12화	060
13화	134
14화	212
15화	266

부모님은 처음엔 놀라셨지만
별로 티는 안 내셨다.

뭐 빌려주려고 잠깐 데려온 거라고 말하고
바로 방으로 들어왔다.

아… 근데 내 방
엄청 더러운데….

괜찮아.

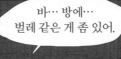

바… 방에…
벌레 같은 게 좀 있어.

…우리 집에도
벌레 있어.

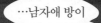
…남자애 방이

뭐 이렇게
깔끔하냐?

내 방에

순이가 왔다.

이게 대체
무슨 일이지…?

아! …뭐

뭐… 마실래?

물 마실래?

…어.

어.

잠깐만!

콜라 있어서
콜라 가져왔어.

…자.

…고마워.

으… 뭐…
뭘 해야 하지…???

아… 아니
뭘 하는 게 아니고…

무… 무슨 말을
해야 되는 거지??

봐도 돼?

......

…안 돼.

방금 표정은
귀여웠지만

그래도 안 돼.

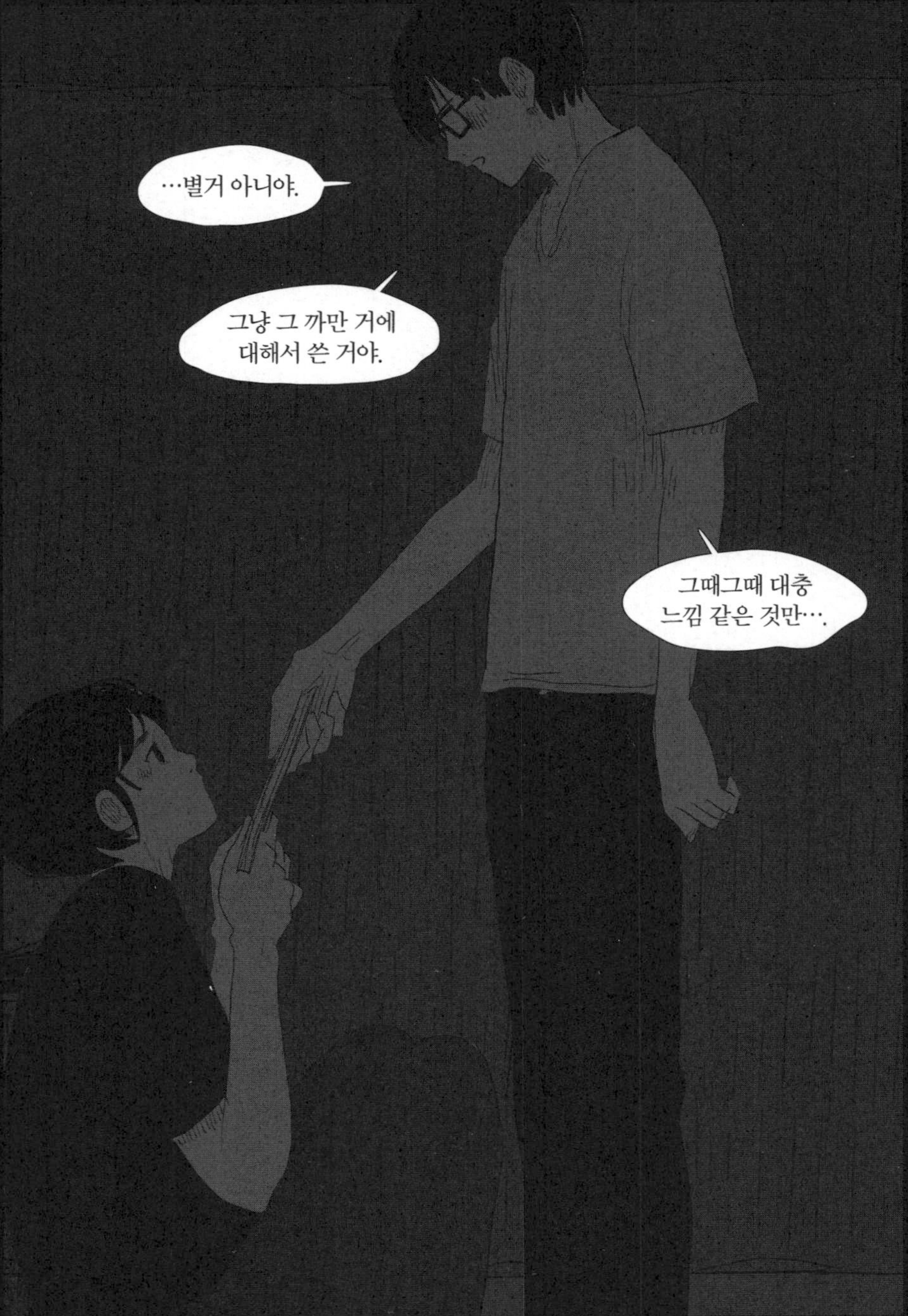
…별거 아니야.
그냥 그 까만 거에 대해서 쓴 거야.
그때그때 대충 느낌 같은 것만….

후…
심호흡
좀 하고…

한 번에…!!!

흡!!

쿵

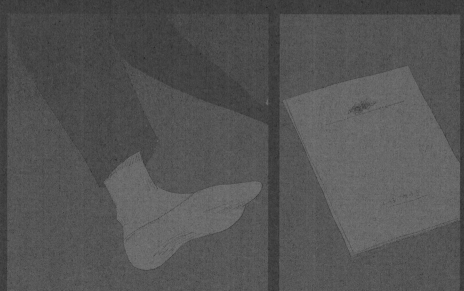

순이

숨소리가

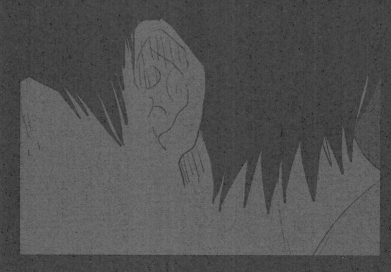

간지럽다.

…내… 내가 지금 무슨…

…으…

이 분위기
어쩔 거야….

…공책 말고

…딴 거
보여줄까?

…뭐?

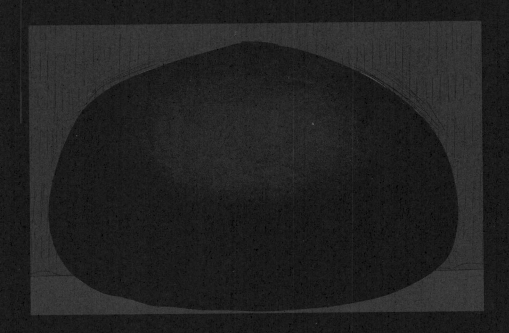

…막 답답하진 않지?

…어두워.

좀만 지나면
적응될 거야.

…어.

조금씩 보인다.

그치?

……
아늑하긴 하네….

…너 맨날 방에서
이러고 있냐?
갑갑하게…?

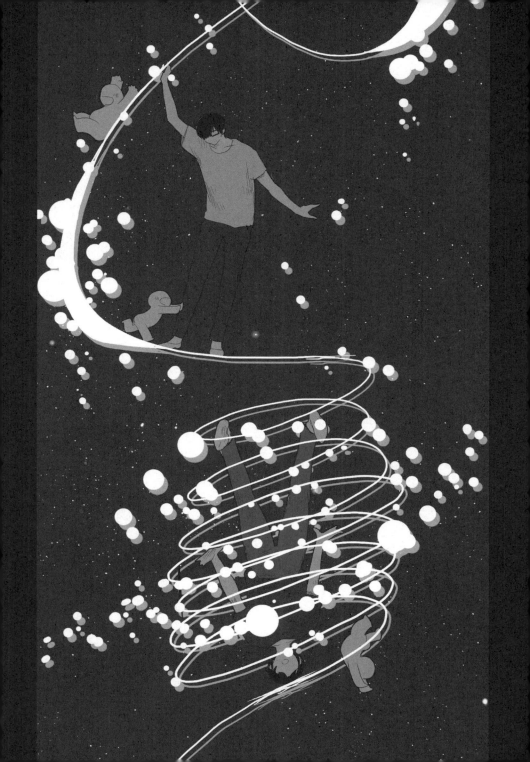

보여주기 싫으면

안 보여줘도 돼.

......

…나도 전에 니 안대
허락 없이 봤었으니까….

이거 보여주면
비긴 걸로 해… 그럼.

뭐야.

…나보다

…속눈썹 기네.

……

그… 그래…?

아… 벌써 시간이 이렇게 됐네.

…나 그만 갈게.

…아무래도

물어봐야겠어!

너 아까!

집에… 무슨 일 있어서… 나한테 온 거야?!!

……어.

그… 그렇긴
하지만…

괜찮아, 갈게.
오늘 고마웠어.

안녕히 계세요.

너무 늦었는데…
넌 집이 어디니?

가까워요.
여기서 5분도
안 걸려요.

그날 연락해봤더니
무사히 답장이 왔다.

일단 검은 건
사라졌다고 해서
안심했다.

그 뒤로 방학 때 한 번 더
축구 보러 가자고 했지만,

사정 있어서 못 간다고
거절당하고…

그게 다였다.

그렇게 짧았던
여름방학이 끝나고

2학기가 시작됐다.

또 장기 결석하는 거
아닌가 하고 불안해했는데

개학 날부터 학교에 왔다!

게다가 나보다 빨리!!

심지어 손인사까지!!!

행복하다.

반 친구랑 손인사를
했을 뿐인데

이상하게 행복하다.

화장실
가는 길마저

행복

?!!

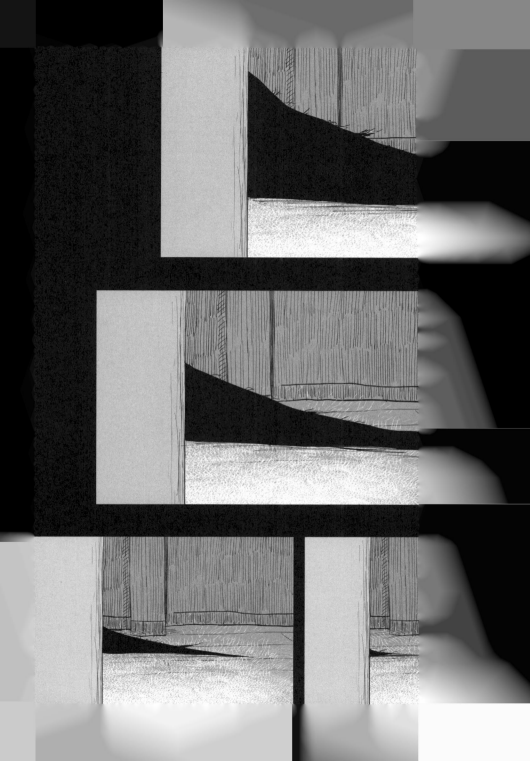

…뭐야?

저… 저렇게
큰 검은 게…

왜 갑자기
학교에…?

……

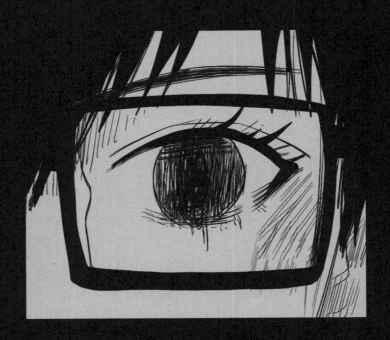

12화

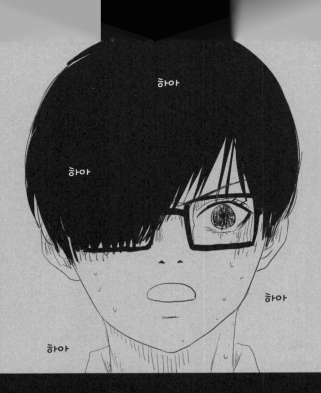

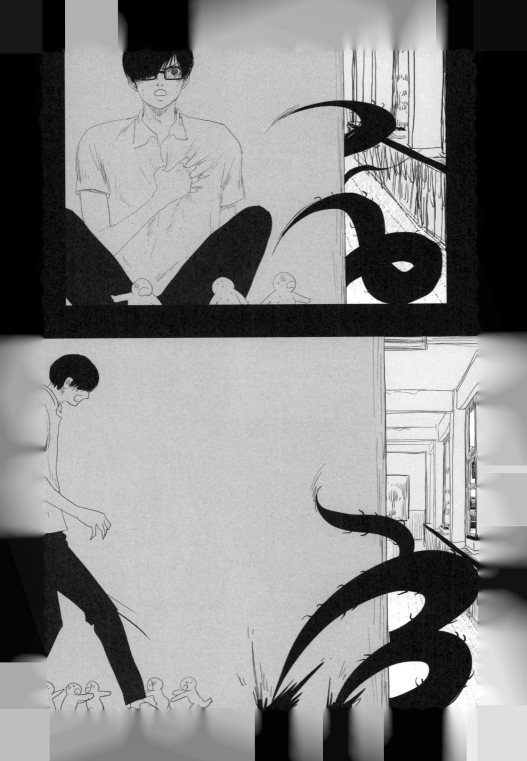

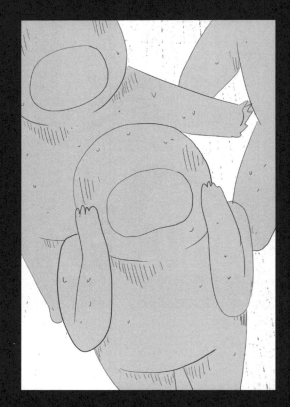

피하세요, 용사님!

마왕이 이 세계까지 왔어요!!!

일단 몸을 숨기세요!

딱 봐도 알겠다.

저… 저건 위험하다.

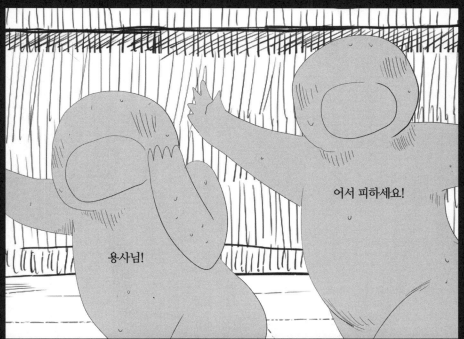

어서 피하세요!

용사님!

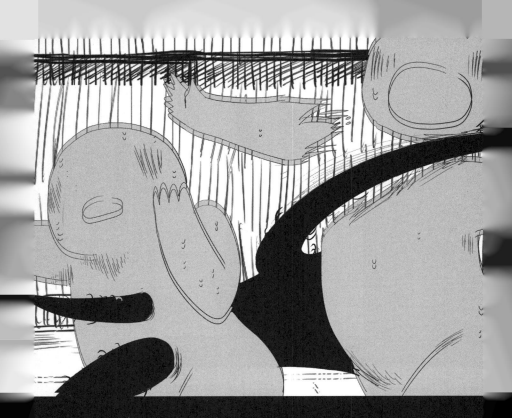
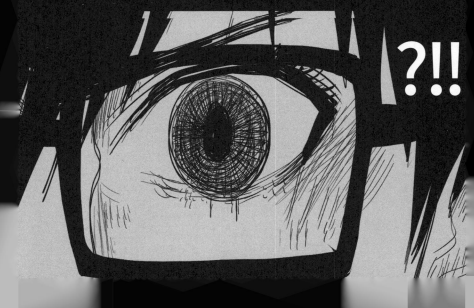

?!!

이 정도의 공포감은
오랜만이다.

분명

본 적 있어.

진짜

있었어.

마왕!

그럼 내가…

니들이 헛소리처럼 얘기하던…

진짜…

용사가 맞단 말이야??

…네

…용사님.

오래전… 머나먼 왕국에서

용사님과 마왕은 끝없는 싸움을 했었습니다.

마왕은 왕국을 차지하기 위해
사악한 마법으로 용사님을 이쪽 세계로
추방시켰습니다.

그리고 마왕은 왕국을 차지했죠.

용사님은

자신이 용사였던
기억을 잊은 채

이쪽 세계에서 인간들과

살고 계셨던 겁니다.

하지만 이제
마왕이

여기까지
왔어요.

용사님을 죽이고

이쪽 세계까지
차지하려고 해요!

진짜 말도 안 된다고
생각했지만

정령들의 말을 들을수록
기억이 나는 것도 같다….

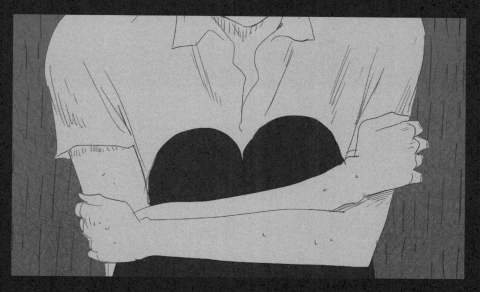

그리고 이 공포감…

이건 진짜다.

머리는 기억하지 못해도…
몸이 기억하고 있는 것 같다….

과거 마왕과의 싸움을….

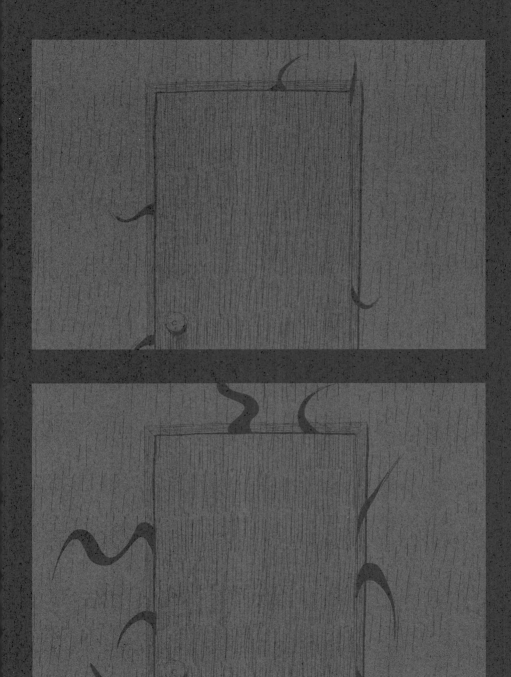

버… 벌써 여기까지…?!!

헉

헉

헉

헉

무서워.

…얼마나 지났지?

몸이 검은 것들로
꽁꽁 묶여있어서

아무것도
할 수가 없다.

계속 움직이려고
발버둥 치다가

지쳐서
다시 잠이 든다.

반복이다.

며칠째
이러고 있는지
모르겠다.

이준아

…일어났니?

밥은

먹어야지.

하루에
한 끼라도.

방문 앞에
밥 차려놨어.

먹고 싶을 때
한 숟가락이라도
먹어.

아, 그리고

전에 가방 갖다줬던
친구가 또 왔더라.

괜찮냐면서.

네 걱정
많이 하더라….

이름이 뭐였더라…?

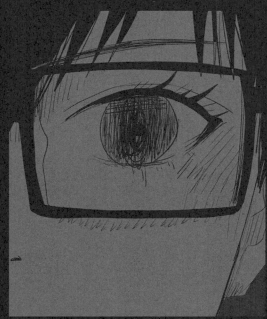

순이…!

순이는 괜찮을까?!!

기본적으로 이건…

마왕과 용사님의 싸움이라서

다른 인간들에게 영향을 미치진

않을 것 같습니다만….

이게…!!

보인다고!!!!!

……?!

…지… 진짜요??

순이가 위험할지도 몰라…!

아… 안 돼!!

내 눈으로

확인…
해야…돼…!!!

쉬는 시간인가…?

그보다 언제 가을이 돼서
또 춘추복으로 바뀐 거지?

그럼… 난 대체

집에 얼마나 오래
있었던 거지…?

시선들이

꽂힌다.

끄꺅!!!

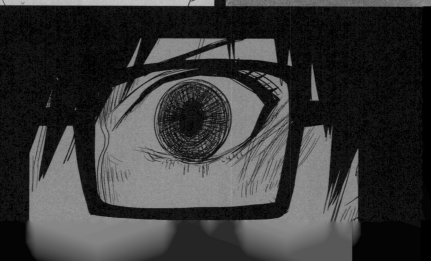

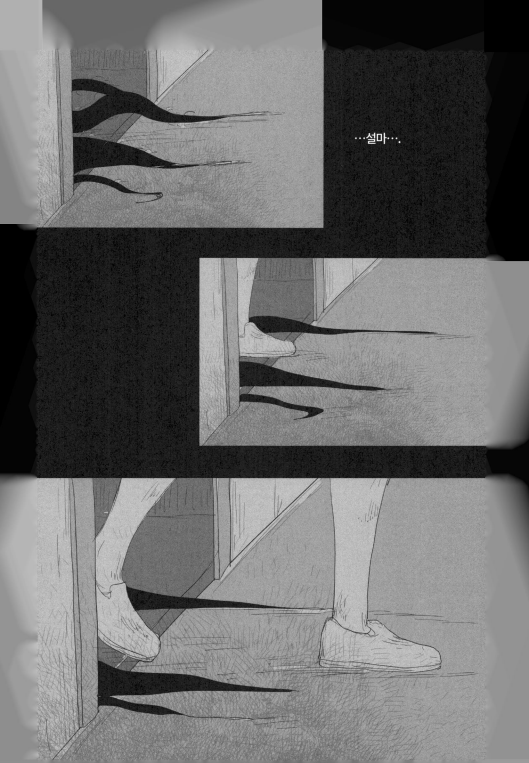

…설마….

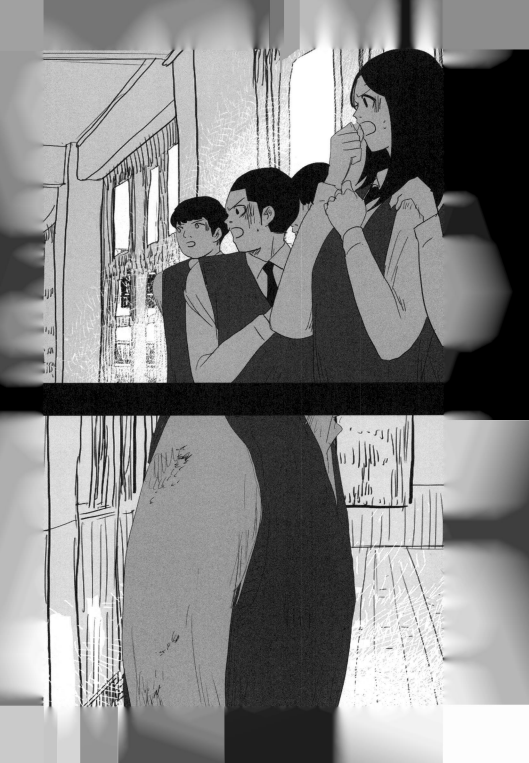

…아무리 그래도…

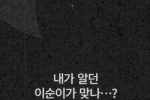

내가 알던
이순이가 맞나…?

학교 못 나왔던
사이에

분위기가 많이
변한 거 같아….

설마 그 검은 것들의
영향 때문인가…??

…너… 원래도

…이랬어…?

……

이랬냐니…

…뭐가?

너… 첫날엔 가방만 두고 갑자기
없어졌길래… 계속 찾다가 가방 갖다주러
너네 집에 갔는데… 너네 엄마는
너 아파서 못 만난다고만 하시고…

담임도 아파서
장기 결석할 거라고만
하고…

전화도 안 받고
문자 보내도 다 씹고.

아… 그랬었나…

그러고 보니 한동안…

폰을 확인 안 했었구나…

…미안.

…핸드폰 확인
못 했었어…

……

또 그
검은 것들 때문에…
못 나왔던 거야?

…이렇게
오랫동안?

…어.

…전보다…
상태가 좀 더
안 좋아서….

…28일이나

…못 나올 정도로…?

세고 있었구나

날짜.

…나… 면담하러 가야 돼.
…아까 싸운 거 땜에
반성문도 써야 되고.

아.

그래도
그 검은 것들이

순이를
직접적으로
공격한 거
같지는 않아서

다행이다.

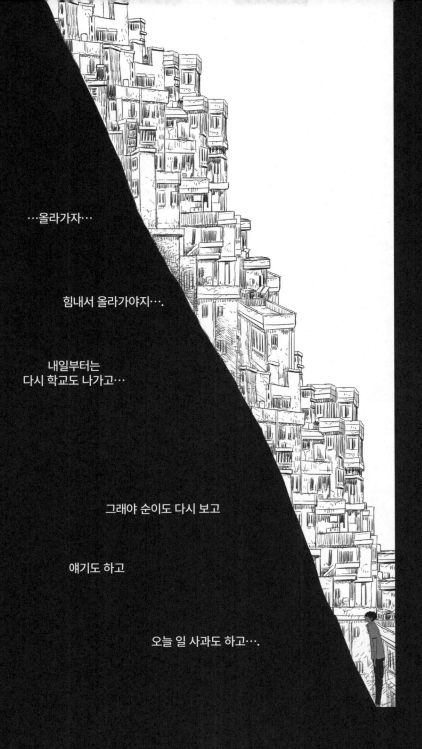

…올라가자…

힘내서 올라가야지….

내일부터는
다시 학교도 나가고…

그래야 순이도 다시 보고

얘기도 하고

오늘 일 사과도 하고….

올라가자.

한 발짝
한 발짝씩

아무리
경사지고

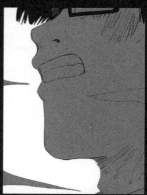

아무리
이것들이
방해해도

좀 더 힘을 내서

이것들 다 없애버리고

마왕까지 물리쳐서…!!!

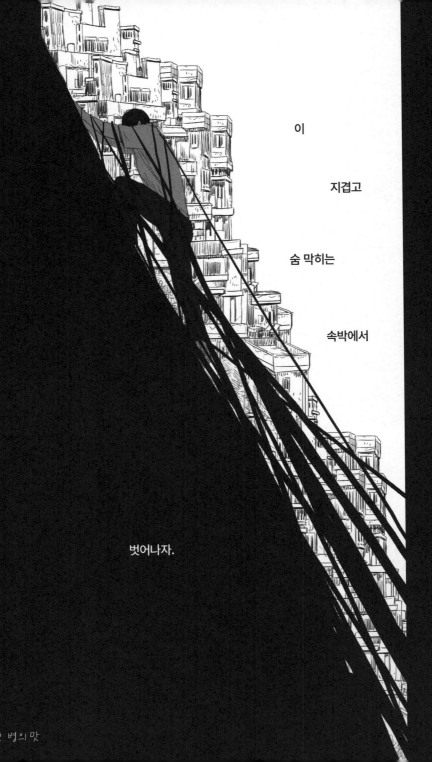

이

지겹고

숨 막히는

속박에서

벗어나자.

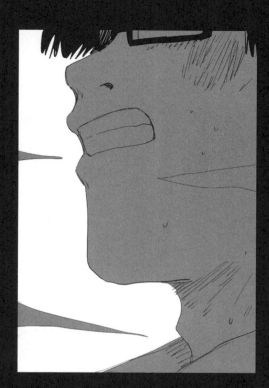

할수

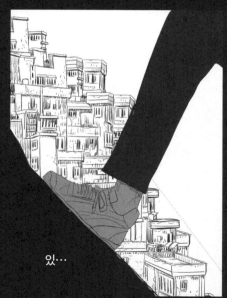

있…

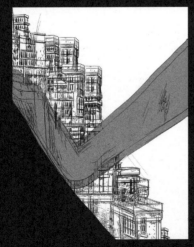

···아파.

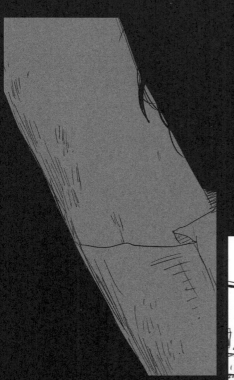

못 올라가겠다.

너무 가파르다.

다른 애들은
잘만 올라가던데.

애초에

나한테는

너무 가파른 길이었다.

아무것도 못 하겠다.

13화

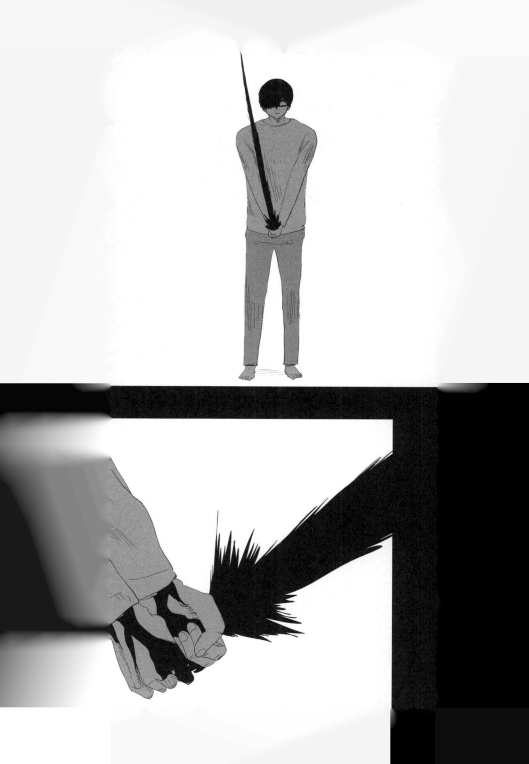

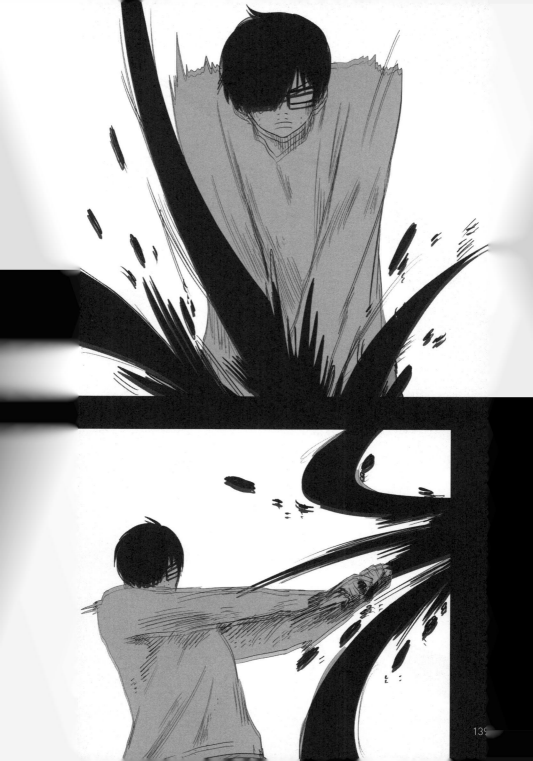

싸우고

싸우고 있다.

끝없이 나를 공격하는 이 검은 것

정신없이
싸우다가 지쳐서
현실로 돌아오면

현실에선 며칠이
지나있다.

보이지 않는

남들은 모르는

혹은 현실에
존재하지 않는 것들과

홀로

끊임없이
싸우고 있다.

아무도 모르는
싸움이다.

…이준아

…밥 차려놨다.

가끔 가족들의 목소리에
현실로 겨우 돌아온다.

순이는…

안 돼!

아…

안… 돼.

오오… 용사여.

용사님이 일어나셨다…!

순이를 본 지…
얼마나 됐지…?

…그때 말다툼한 게
마지막이었는데….

다… 다리가
후들거려…

…힘이 안 들어가….

…오랜만에
일어섰더니…

어지러워…

토할 거 같아….

…엄마…

내 교복 어딨어…?

그래도

가봐야
할 거 같아…!

추… 추워….

벌써…
11월 중순이라니….

나… 집에 대체 얼마나 있었던 거지…?

검은 것들과 싸우기 시작하면서…
시간 감각이 이상해졌어.

그러고 보니
집에만 있었던 기간 동안…

순이가 몇 번 찾아왔던 거 같다.

물론… 이런 꼴을 보이기 싫어서

만나지는 않았었다.

…만났어야 했나…?

도움을 요청하러
왔던 걸 수도 있는데.

기다려.

순이 님까지도

위험할 수 있어요.

금방 갈게.

완전히 침식당해 버렸다.

학교도

다른 애들은…
괜찮은 거 같은데….

…순이…

순이를
찾아야 해…!

…없다…

가방이 있다는 건…

학교는
나왔다는 소린데…

어…
어딨다는 거야???

···어딨어··· 이순이···!!!

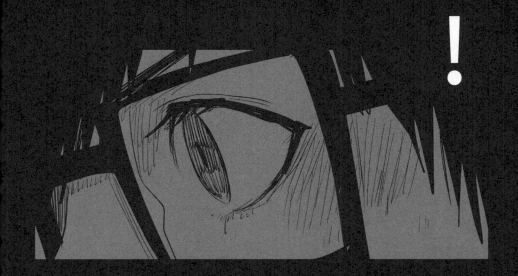

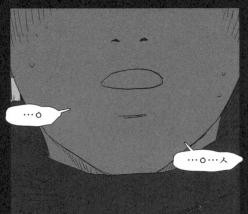

…ㅇ

…ㅇ…ㅅ

……으읍.

으… 너무 말을 안 했어서…

목소리가 잘 안 나와.

죽인다.

죽인다.

널 죽여서

이 지긋지긋한
모든 것들…!

이제 그만 다 끝내자,

그만.

해⋯ 했어⋯.

내⋯ 내가
해⋯ 해냈어⋯!!!

주⋯ 죽은⋯ 건가⋯?

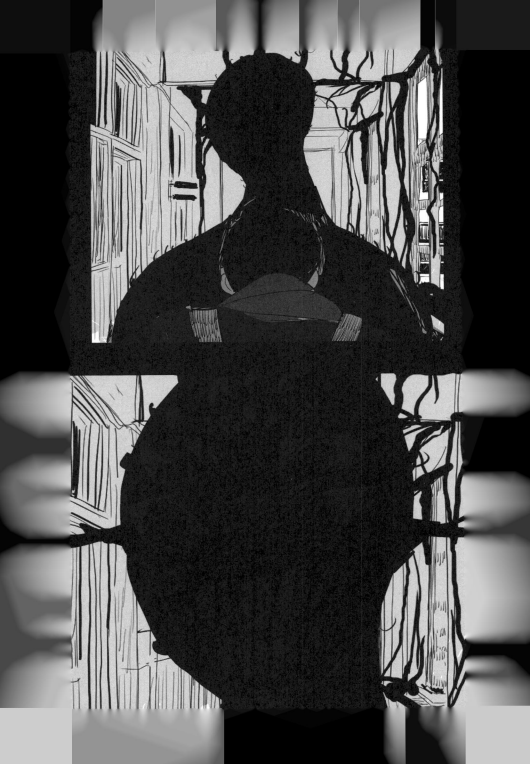

!!!!!!!!!!!!

무, 무서워!!!

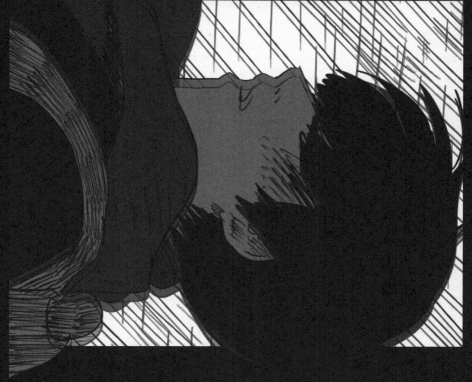

기억났다.

기억났다.

마왕의 얼굴.

아니 진짜…

제가 민 게
아니라니까요?!!
…맞잖아, 변이준!!!

저 그냥 복도 걸어가고 있는데
갑자기 뒤에서 달려오더니

팍 미는 거예요.

그래서 저도 그냥
깜짝 놀라서 돌아봤는데

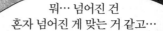
뭐… 넘어진 건
혼자 넘어진 게 맞는 거 같고…

…그거 말고…
또 뭐 이준이한테
…한 거 없어…?

…작년처럼…?

작년…

작년,

중학교 1학년

난 이 애랑
같은 반이었고

그렇게

시작됐다.

처음엔 매점에 가는 걸
부탁하는 정도였다.

그러다 조금씩

조금씩

서서히

서서히

영문도 모르는 채

이상하게 되어버렸다.

쉬는 시간에는
교복 마이를 뒤집어쓰고

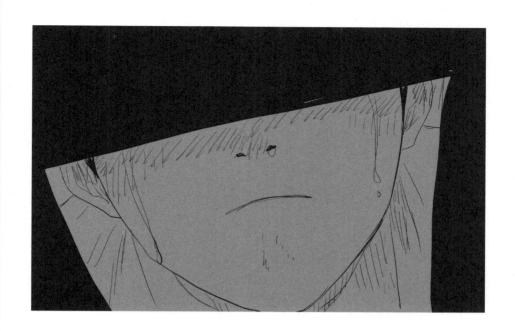

자는 척한다.

교복 마이가 무겁다.

학교 가기 싫다.

학교 가기 싫다.

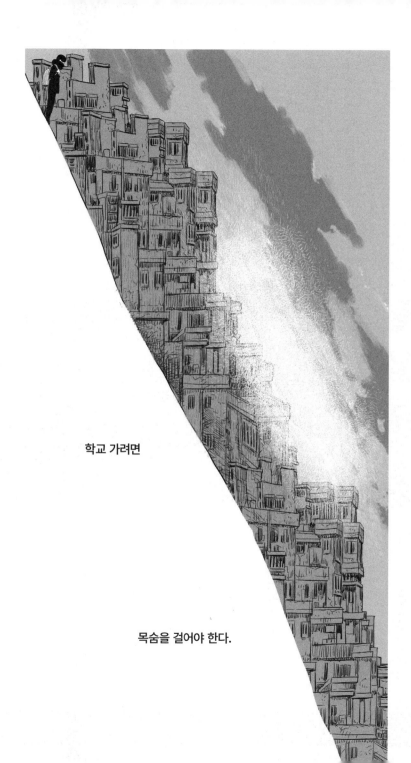

학교 가려면

목숨을 걸어야 한다.

중학교 1학년 동안

난

학교 폭력을 당했다.

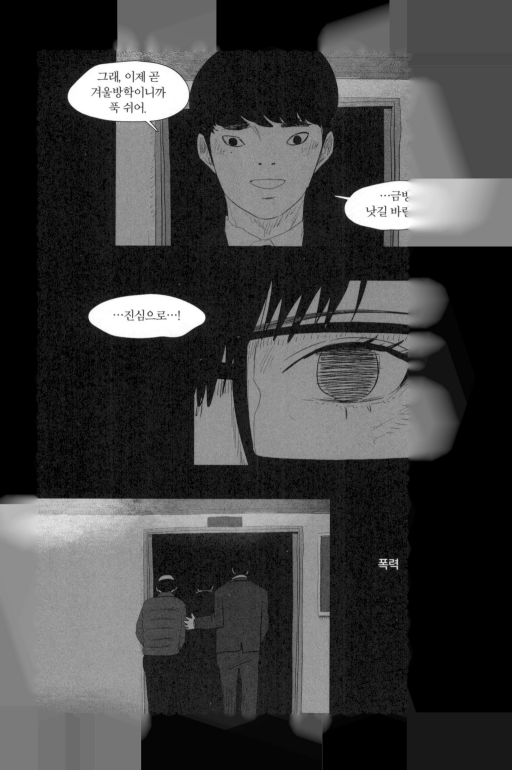

…좀 어땠어요?
그때 이후로는
내원은 전혀 안 하셨고…

작년에는…
학교 문제로 인한
스트레스로…

불안장애로 인한 공황장애 증상이
…있어서… 처방해드렸었는데

아… 필요시 약은
가끔 먹었어요….
그치? 이준아?

최근에는 어때요?

…혹시 뭔가…

이상한 게…
보이거나…해요?

…그거 그냥

장난하는 거예요….

취미로…
만화 캐릭터 같은 거…
설정하는 거요….

검은 물체 같은 걸
마음대로 조종하는 능력

그런 거… 그냥 혼자
설정하면서 노는 거예요.

그냥

그런 거예요.

공황장애는 인지 활동 치료와
약물 치료가 꾸준히 병행돼야 해요.
힘들면 참지 말고 병원 와요.
약 처방해드릴게요.

여기까지 오기 힘들면 집 근처
신경정신과를 소개시켜드릴 테니…
퇴원하면… 꼭 한번 상담받아봐요.

그냥

그런 게 있다고
망상하면서
노는 거예요.

제가 스스로 그렇게라도
생각하지 않으면

이 죽을 것 같은 공포가

설명이 안 되잖아요.

작년에 극심한 괴롭힘
이후에 갑자기 찾아온…

이 고통스러운
느낌을 납득하려면

이런 거라도
있다고 생각해야

겨우

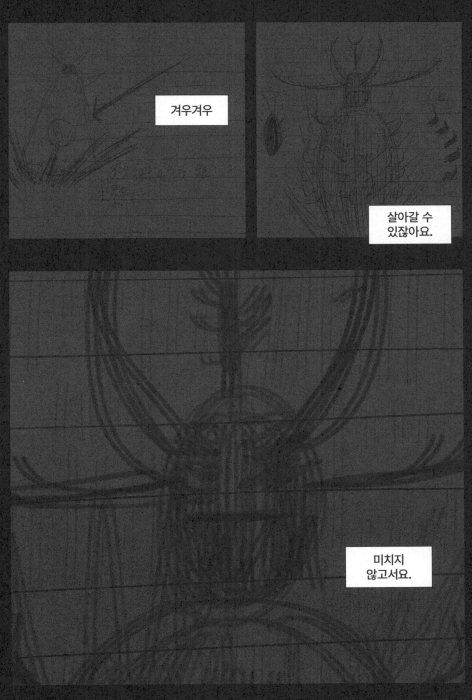

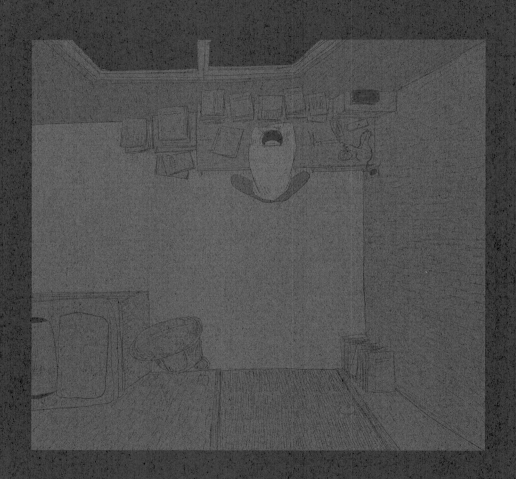

난   갈등되기 않는
                   여행.

14화

검사 결과 다행히 경추 손상은 전혀 없어서 오늘 오후에 퇴원하시면 됩니다.

감사합니다….

한 가지 궁금한 게 있다.

이순이

갠 뭐지?

나만의 망상이었는데…

그냥
미친놈 같아서

불쌍해 보여서

동정심으로

장단
맞춰준 걸까?

어머, 이준아…!
친구 왔다.

…안녕하세요….

오늘 퇴원하는 거
보니까

몸은…
괜찮나보네.

……

…너 학교 안 나왔을 때…
너네 집 찾아가도 안 만나주고

한 달도 넘게
못 만났는데…

…쳐다보지도 않냐?

…왜 보이는 척했어?

왜 내 헛소리 다 믿는 척했어?

내 미친 소리들 다 받아주면서
속으로 무슨 생각했어?

…라고 물어보고 싶은데

네가 정말 그냥 동정이었다고,

불쌍해서 들어줬던 거라고 말할까 봐

무서워서 못 물어보겠어.

……

…오늘 금요일이니까 학교는 다음 주부터 나오겠네….

…다음 주에 학교에서 봐.

그날 오후에 퇴원하고

집 앞에서 아인이를 만났다.

그냥 너가 불쌍해서
보인다고 한 거겠지….

…그렇지?
그거 말고 다른 이유는
없는 거겠지…?

…없지…
야! 순이 착한 애네…!
그런 헛소리도 잘 들어주고!

…역시

…불쌍해서…
였던 거지…?

……

…근데…
그게 아니라면….

…아니면…?

다음 주에
학교에 나갔다.

순이는 없었다.

다음 주에 보자.

…뭐야…

자기가
먼저 보자고
해놓고.

이순이

…물어보고
싶은 게 있어….

......?

…순이…

…걔도 주말에
입원했어.

…?!!

…네??!

…친구…

토요일에도 취한 상태로
집에서 난동 부리다가…
책장인지 장식장인지를 엎었는데

거기에 순이 다리가
깔려서… 골절됐다더라.

이제까지 종종 학교
못 나온 것도 이런 문제
때문이었던 거 같고.

초등학교 때부터 쭉 그렇게…
상습적으로 학대를 당했었나 보더라고.
……짠하게….

239

240 병의 맛

여기도 폭력.

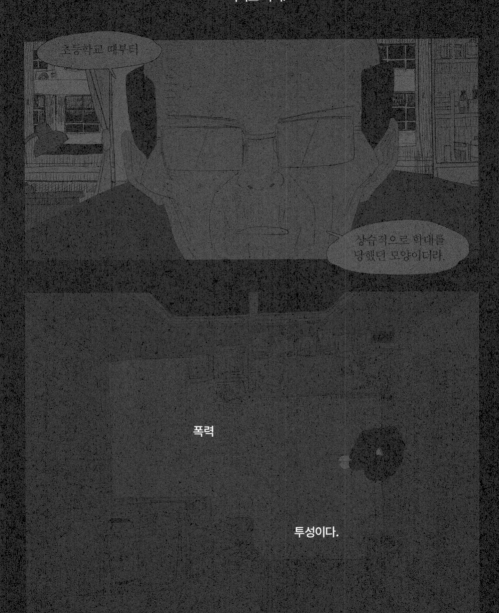

그리고
그 폭력은

남겨진
피해자들만
기억한다.

…아…

그때 전해주지 못했던

순이의 수행평가 노트.

국어수행평가

제목: 친구

2-3 12 이순이

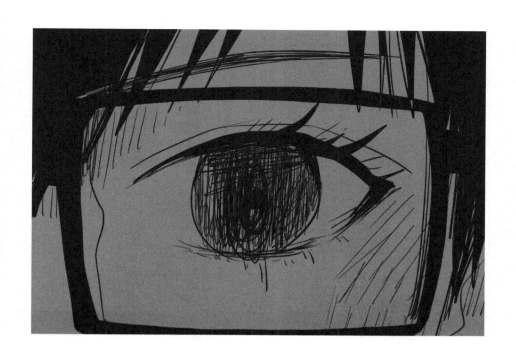

오늘   점심시간에 밥을 먹는데 깜짝 놀랐다.

매일 혼자 밥먹는데 오늘은   변이준이 내 앞으로
식판을 들고 왔다.

아마   나랑 같이 먹어주려고 했던 모양이다. 착한 애라고 생각했다.

근데 나는 너무 놀라고 무서워서. 먼저 자리를 피해 버렸다.

이준이에게   미안했다.

이런 내가   싫다.

오늘은 수행평가 얘기하러 이준이랑 성터에 갔다.

나한테 음료수도 사주고, 좋아하는 것도 물어봐줬다.

신기했다.

이준이는 우리 반에서 유일하게 나한테 말도 걸어주고
다가와준 애다.

근데 나는 이런 관심을 받아본 적이 없어서
좀 무섭다.

난   관심을 받으면   순수하게 기뻐하지 못한다.

난 관심을 받으면 우서움부터 느껴진다.

성 터에서 갑자기 이준이가 나한테 꽃잎을 보여주겠다고 했다.

나는 꿈원이 보이지 않았다.

그냥 너가 불쌍해서

보인다고 한 거겠지.

근데 나도 보고 싶었다.

처음엔 그냥 어이없었는데 계속 듣다보니까
이중이가 말한 것들이 되게 예쁘게 느껴져서
보고 싶다고 생각했다.

나도 보고 싶다고

보고 싶다고　간절히　생각하니까.

나에게도 꽃잎이 보였다.

너무 예뻤다.

현실 같은 거 잊을 수 없을 만큼

…이게 무슨 시야…

…그냥
설명문이지….

이 눈이 한텐 내가 어떻게 보일까 ?

나같이 이상한 애도 이준이랑

친구가 될 수 있을까 ?

15화

다음 날 학교 마치고
순이가 입원해 있는 병원에 갔다.

혼자···
있구나···.

…상처….

아…

무신경했다.

아… 갑자기
들어와서 미안.

…나 있는 거 불편하면…
다… 다음에 다시 올게.

…거짓말.

······

왜

매번
엉망진창일까

우리는.

···변이준.

어?

…할 말 없으면…

…뭐라도…

그때…
그 꽃이라도…

…다시 보여줘….

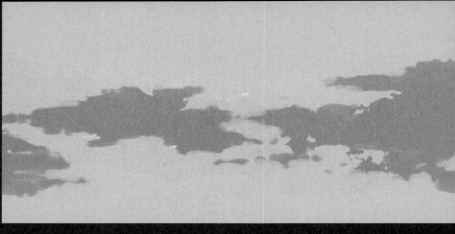

며칠 뒤

순이 퇴원하는 날이 돼서

데리러 가기로 했다.

순이 아버지는 당분간

치료 시설에 가 계실 거라고 들었다.

너 이씨…
왜 이렇게 늦게 나와!

추워죽겠네.

3분 늦었거든?

그리고 별로
춥지도 않구만…

…애초에 내가 왜
니 여자 친구 퇴원하는데
같이 가야 되는 거냐?

!!! 여…
여자 친구
아니거든?!!

그리고 니가 먼저
같이 가준다고
했잖아!!!

…니가 나 없으면 아무것도
제대로 못 할까 봐 그러지.

……

그럼… 이제부터는
나 없이도…

…할 수 있겠지…?

너 없이도

할 수

있겠냐구?

……

…고마워.

…와…
대답 성의 없는 거 봐.

성의 있는데?

감정이 하나도
안 실려있는데?

완전 실었는데?

……

……

첫눈이 왔다.

나… 못 올라갈 거
같은데….

…이 다리로 올라가기에는
…너무 높고 험해.

우리에게 언덕은

항상 높고 험했다.

…어.

이상하게도 언덕은

평소보다

완만하게 느껴졌다.

<병의 맛> 마침.

1판 1쇄 인쇄 2019년 5월 20일
1판 1쇄 발행 2019년 5월 31일

글 그림 하일권
펴낸이 김영곤 **펴낸곳** ㈜북이십일 아르테팝
미디어사업본부이사 신우섭
책임편집 윤효정 **미디어만화팀** 윤기홍 박찬양
미디어마케팅팀 김한성 황은혜 **해외기획팀** 임세은 장수연 이윤경
문학영업팀 권장규 오서영 **제작팀** 이영민 권경민

출판등록 2000년 5월 6일 제406-2003-061호
주소 (우10881) 경기도 파주시 회동길 201(문발동)
대표전화 031-955-2100 **팩스** 031-955-2151 **이메일** book21@book21.co.kr

(주)북이십일 경계를 허무는 콘텐츠 리더

북이십일과 함께하는 팟캐스트 '책 , 이게 뭐라고'
아르테팝 채널에서 도서 정보와 다양한 영상자료 , 이벤트를 만나세요 !
페이스북 facebook.com/21artepop   트위터 twitter.com/21artepop
인스타그램 instagram.com/21artepop   홈페이지 artepop.book21.com

ISBN 978-89-509-8046-7 07810
책값은 뒤표지에 있습니다.